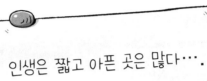

인생은 짧고 아픈 곳은 많다⋯.

— 이점네

천재 의사 시건방

두 번째 이야기

글 **강효미**

배꼽 빠지게 재미난 이야기를 쓰려고 매일 머리를 쥐어짜지만, 행복한 동화 작가로 살고 있어요.
지은 책으로는 《똥볶이 할멈1~6》, 《멍멍말 통역사 김야옹1》, 《사고뭉치 소방관 오케이1》,
《드림드림 학원 황금 헬멧의 비밀》, 《후덜덜 식당1~3》, 《흔한 남매, 안 흔한 일기1~3》,
《챗걸1~5》, 《오랑우탄 인간의 최후》 등이 있습니다.

그림 **유영근**

프리랜서 일러스트레이터이자 '아빠는 N살'을 연재하는 카투니스트로 활동 중입니다.
캐릭터 애니메이션 제작 업체 TRTB Pictures에서 기업 광고와 교육용 콘텐츠를 제작했습니다.
쓴 책으로 《아빠는 다섯 살》, 《아빠는 여섯 살》, 《아빠는 일곱 살》 등이 있고,
그린 책으로 《어린이를 위한 생각 정리의 힘》, 《초3, 과학이 온다》,
《상처 주는 말 하는 친구에게 똑똑하게 말하는 법》, 《어느 날, 노비가 되었다》,
《후덜덜 식당1~3》, 《휘뚜루는 콩닥콩닥》 등이 있습니다.
인스타그램 @jhiro2

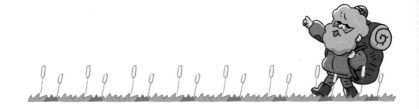

슈퍼 초능력 판타지

천재 의사 시건방

2 새우등 마을을 탈출하라!

강흥미 글 · 근영 그림

머스트비

차례

지난 이야기

으리으리한 고래등 병원의 가장 실력 좋은 의사 시건방은
환자들에게 함부로 한다는 이유로
새우등 마을로 일 년간 쫓겨가게 된다.
노인들을 마음껏 부려 먹으며 지내던 시건방은
어느 날, 충격적인 사실을 알게 되는데,
바로 꼬부랑 노인들이 어마어마한 초능력자들이었다는 것!
탈출하려던 시건방은 붙잡혀 마을의 왕진 의사가 되고,
위험을 감지하는 능력을 가진 남달라의 머리카락이 쭈뼛 서자
마을에 위기가 닥쳐올 것이라며
모두 두려움에 떠는데…….

등장인물

시건빵방 실력은 좋지만, 건방지고 잘난 척하는 성격 탓에 깡시골 새우등 마을로 쫓겨나게 되고, 노인들만 있는 새우등 마을의 놀라운 비밀을 알게 된 후, 탈출하기로 결심한다.

김고래 고래등 병원의 원장. 시건방을 새우등 마을로 보낸 장본인. 훌륭한 인품으로 칭송받고 있지만, 어마어마한 비밀을 숨기고 있다.

이점네 새우등 마을의 이장이자, 지도자. 괴력을 가지고 있다.

신바람 새우등 마을의 가장 나이 많은 노인으로 염력을 가지고 있다.

고구마 새우등 마을의 청년회장으로 분신술을 할 줄 안다. 마을 일을 도맡아 처리한다.

변신해 새우등 마을의 초능력 노인으로 둔갑술을 할 줄 안다.

고구려 백내장에 걸려 천리안을 잃었으나, 시건방 덕에 초능력을 회복하고 아들도 다시 만나게 된다.

남달라 늘 졸고 있지만, 다가 올 위험을 미리 감지하는 초능력을 가지고 있다.

김고래의 비밀

여기는 대한민국에서 가장 으리으리한 종합 병원인 〈고래등 병원〉이에요.

오늘도 김고래 원장은 세상에서 가장 인자한 미소를 띤 채, 진료를 보는 중이었어요. 김고래 원장은 가난한 환자에겐 치료비를 받지 않고, 불우한 이웃을 위해 많은 돈을 기부하며, 매년 '대한민국의 훌륭한 사람 10인'에 빠지지 않고 뽑히는 아주 존경받는 의사였거든요.

"원장님. '대한민국의 훌륭한 사람 10인'에 또 뽑히셨다지요?"

"시상식이 오늘이라던데요?"

"얼른 가 보셔야 하지 않겠어요?"

의사들의 질문에 김고래 원장이 단호하게 대답했어요.

"그런 시상식 참석할 시간이 있다면, 한 명의 환자라도 더 돌보겠습니다."

병실의 의사와 간호사, 환자들 모두 동시에 감탄사를 내뱉었어요.

"햐! 역시 훌륭하셔!"

"노벨 의학상은 뭘 하는 거야? 우리 원장님께 상을 주지 않고!"

"정말 존경합니다!"

칭찬에 아랑곳하지 않고, 김고래 원장은 어린 환자의 배에 청진기를 가져다 댔어요.

"조금 차갑단다."

씩 웃는 그의 이빨이 다이아몬드로 번쩍 빛났지요.

진료를 마치고 원장실로 돌아온 김고래는 자신의 책상

에 앉아 의자에 달린 빨간 버튼을 눌렀어요.

그러자 의자 밑의 바닥이 푸욱 꺼지며, 그는 순식간에 사라져 버렸지요!

사라진 김고래는 원장실 아래 숨겨진, 비밀의 방에 도착한 것이었어요. 온통 어둡고 새카만 방 가운데, 어떤 숫자들만이 밝게 빛나고 있었어요.

000,072 : 000,001 : 000,000

숫자는 점점 줄어드는 중이었어요.

"나는 초능력 마을들을 하나둘 없애 버렸어. 이 세상에 위대한 초능력자는 나 하나면 되니까. 이제 남은 건 새우등 마을뿐! 음하하!"

음흉한 웃음소리는 곧 메아리처럼 온 방 안에 울려 퍼졌어요.

"자그마치 262,800시간을 기다려 왔다. 이제 드디어

72시간하고도 1분 뒤, 새우의 꼬리가 용솟음치는 바로 그때……! 새우등 마을은 내 것이 될 것이야! 음하하하! 낄낄낄! 아이고, 배야! 끅끅. 킥킥킥!"

그러는 사이, 시계의 숫자는 조용히 72에서 71로 바뀌었지요.

한편, 새우등 마을에서는 끔찍한 비명이 울려 퍼지는 중이었어요.

"으아악!"

밥솥에서 밥을 푸려던 시건방이 그만 뜨거운 김에 손가락을 데고 만 거예요.

"내 손가락! 내 귀한 손가락! 아악!"

환자가 아픔을 호소할 때마다, 시건방은 차갑게 말하곤 했어요.

"엄살 그만 피우시죠? 그런다고 살살 치료하지 않습니다."

하지만 자신이 다치자, 갖가지 다양한 엄살을 피워댔
어요.

"아이고, 아파라. 아파 죽겠다! 손가락을 영영 못 쓰게
되는 건 아닐까? 난 몰라. 아이고!"

띠띠띠ー!

마침 세탁기에선 빨래가 완료되었다는 알림이 울렸고, 프라이팬 위의 달걀부침은 새까맣게 타서 연기를 피워 올리는 중이었어요. 냉장고 앞에는 김치통이 거꾸로 쏟아진 채였지요. 밥을 푸기 전에 김치를 꺼내려다 그만 엎어 버린 거예요.

시건방은 빨갛게 달아오른 손가락을 감싸쥔 채, 서둘러 가스 불을 끄고, 세탁기에서 젖은 빨래를 꺼내 들었어요.

따르릉, 따르르릉.

그때, 아래층 병원에서 전화가 울렸어요.

따르릉, 따르르르릉.

"지금 전화 받을 시간이 어딨어?"

따르르르르릉, 따르르르르르르릉.

하지만 끊겼던 전화는 또 울리기 시작했어요.

"으아! 도저히 못 참겠다!…… 으악!"

병원으로 뛰어 내려가려던 시건방은, 냉장고 앞 김치 국물을 밟고 주욱 미끄러졌어요.

"아이고, 내 엉덩이!"

시건방은 만신창이가 된 모습으로 겨우 수화기를 들었지요.

"대체 누구세요? 누구신데 이렇게 전화를 하시냐고요!"

"누구긴? 나 고구려여."

"고구려 어르신이라고요?"

"그려. 당장 우리 집에 와 주어야겠구먼?"

"저 지금 바빠서 못 갑니다!"

"바쁘긴?! 내가 보니께, 밥하다 손가락을 눈곱만큼 데였다고 호들갑을 떨고, 엎어진 김치통에 미끄러져 넘어지고, 달걀부침은 새까맣게 타고, 세탁기가 삑삑 울려 댈 뿐. 환자 하나 없이 한가한디?"

"그걸 어떻게……. 하아!"

고구려는 아주 멀리까지 볼 수 있는 천리안을 가진 덕분에 자신의 방 안에서 시건방을 손바닥 들여다보듯 보고 있는 것이었어요.

얼마 전, 천리안을 잃은 채 몇십 년 만에 새우등 마을로 돌아왔지만, 시건방이 백내장 수술을 해 준 덕분에 다시 잘 볼 수 있게 되었지요.

"밥만 먹고 갈게요. 배고파 죽겠다고요!"

"당장 오라면 오지, 무슨 말이 그렇게 많은감?"

나여~!

전화는 뚝 끊어졌어요.

"으으!"

분했지만 어쩔 수 없었지요. 이제 시건방은 고래등 병원에서 가장 잘나가는 시건방진 의사가 아니었으니까요.

깡시골 새우등 마을에서 초능력을 가진 무시무시한 노인들에게 붙잡혀 언제 에그마요가 될지 모르는 채 벌벌 떠는 신세가 되고 말았으니까요.

으으~!

2
탈출, 탈출, 탈출!

시건방은 고구려의 집으로 갔어요.

"건빵 왔는가?"

"제 이름은 건방입니다만?"

시건방이 톡 쏘아붙였어요. 고구려는 막 저녁 식사를
끝낸 참이었지요.

"꺼억."

어찌나 많이 먹었는지, 불룩 나온 배를 두드리며 트림
까지 시원하게 해 댔어요.

"우리 아들 구마의 솜씨가 대단혀. 달콤 짭짤한 불고
기, 오동통한 고등어구이, 기름기 좔좔 흐르는 잡채, 구

수한 된장찌개, 거기에 잘 익은 김치까지 정말 진수성찬
이었다니께?"

"쳇."

시건방의 뱃속에서는 **꼬르륵꼬르륵** 더욱 아우성을 쳤
어요.

"자네도 먹고 싶은겨?"

"됐거든요?"

"난 다 알어. 자네가 얼마나 힘든지 말이여."

고구려가 시건방의 어깨를 두드리며 말했어요.

"그러니 자꾸만 도망치려고 하는 것이 아니겠어? 자네
가 우리 마을의 왕진 의사가 된 지 일주일밖에 되지 않
았는데 벌써 여러 번 탈출을 시도했잖여?"

사실이었어요.

시건방은 그사이 세 번이나 탈출하려고 했어요.

첫 번째 시도는 너무나 허무하게 끝났어요.

그저 탈출하려고 마음만 먹었을 뿐인데, 마침 병원 앞을 지나던 남달라의 머리카락이 쭈뼛 서 버린 기예요. 남달라에게는 다가올 위험을 감지하면 머리카락이 곤두서는 초능력이 있거든요.

"놈이 도망가려고 하는 것 같아유!!!"

남달라가 소리치자, 노인들이 우르르 몰려나왔고 시건방은 손이 발이 되도록 빌 수밖에 없었어요.

"그냥 마음만 먹었을 뿐이에요. 다신 도망의 '도'도 생각하지 않을게요! 살려 주세요. 네?"

두 번째는 모두가 잠든 시간에 일어났어요.

시건방은 자전거를 타고 허겁지겁 마을을 빠져나가려고 했지요. 그런데 황당하게도, 자전거가 말을 걸어 온 것이 아니겠어요?

"어딜 가려고 그랴?"

"으아아아악!"

시건방은 너무 놀라 나자빠지고 말았어요. 알고 보니

둔갑술을 할 줄 아는 노인인 '변신해'가 자전거로 감쪽같이 둔갑해 있던 것이었어요.

"놈이 도망가려고 해유!!"

변신해가 소리치자 이번에도 노인들이 우르르 몰려나왔고, 시건방은 이번에야말로 에그마요처럼 으깨질 뻔했지 뭐예요?

세 번째 시도는 더 끔찍했어요.

신바람이 배탈이 났는데, 시건방이 자신을 새우등 마을에서 내보내 주지 않으면 치료하지 않겠다고 으름장을 놓은 것이에요.

　'치료해 주지 않으면 노인들이 쩔쩔매면서 결국 사정하게 되겠지? 아프면 장사 없잖아? 어차피 내가 이기게 되어 있다고!'

　시건방은 팔짱을 끼곤, 꿈쩍도 안 했어요.

"몰라요. 안 고쳐요! 안 고친다고요! 이 마을에서 내보내 준다고 약속하면 치료할 테니 그런 줄 아세요!"

"저 시건방진 녀석에게 뜨거운 맛을 좀 보여 줘야겠구먼?!"

순간, 시뻘건 불구덩이가 시건방에게 날아왔어요. 신바람이 아궁이의 불을 염력으로 시건방에게 날린 것이었어요. 시건방의 머리카락에 홀라당 불이 붙어 버렸지요.

"으아악, 뜨거워!"

팔짝팔짝 뛰는 시건방을 점네가 손가락 하나로 들어 올려, 호수에 내동댕이쳤어요.

"어푸, 어푸! 사람 살려!"

푸쉬쉬~.

시건방의 머리에 붙었던 불이 꺼지며 허연 연기가 모락모락 피어올랐지요.

그날의 끔찍했던 기억이 떠올랐는지, 시건방의 어깨가 덜덜 떨렸어요.

"내가 생각해두 노인들이 해도 너무한다니께? 그래도 귀하신 의사 양반인디 말이여. 그래서 말인디, 자네가 진료에만 집중할 수 있도록 내가 구마에게 잘 말해 주려구 혀. 전처럼 자네 살림은 대신 해 주는 것으로 말이여."

"정말요? 또 거짓말하시는 거 아니죠?"

고구려는 눈만 낫게 해 준다면 시건방을 고래등 병원으로 돌려보내 준다고 철석같이 약속했지만, 모두 허풍이었거든요.

"참나! 눈까지 고쳐 준 선생님에게 내가 무슨 거짓말을 하겠어? 노인들은 내 말을 안 들어도 구마만큼은 틀림없이 내 말을 들을 것이여. 애비 눈을 고쳐 준 은인이라 구마도 아주 고마워하고 있다니께?"

"정, 정말이지요?"

"속고만 살아왔나! 그러니께 자꾸 불가능한 탈출을 시도하지 말고 한번 적응해서 살아 봐. 여기도 다 사람 사는 곳이니께. 그나저나, 내 눈은 씻은 듯이 나은 게 맞겠지?"

"완벽합니다. 당연하죠. 누가 수술한 건데요? 에헴."

다음 날 아침.

시건방은 눈을 뜨자마자 거들먹거리며 고구마의 집으로 갔어요.

"아침밥은 준비됐겠죠? 고기반찬은 적어도 두 가지는 있으면 좋겠네요. 제가 아침을 먹는 동안, 청소와 빨래도 해 주세요. 간식은 오전, 오후 두 번 준비해 주시고요."

"시방 뭐라고 하는 거유?"

고구마가 고개를 갸우뚱했어요.

"하! 아직 고구려 어르신에게 못 들으셨나 보네요."

"우리 아부지?"

"네. 오늘부터 음식과 살림은 다시 고구마 어르신이 해
줄 거라고 하셨거든요?"

"아부지는 떠났는디유?"

"네? 떠, 떠나다니요?"

"눈도 다 나았으니 더 넓은 세상을 보겠다고 새벽같이
떠나 버리셨다니께유?"

"그, 그럴 리가!"

시건방은 당장 고구려의 집으로 달려갔어요. 방은 텅 비었고, 쪽지 하나만이 덜렁 남아 있었어요.

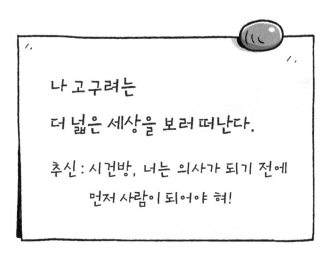

나 고구려는

더 넓은 세상을 보러 떠난다.

추신 : 시건방, 너는 의사가 되기 전에
먼저 사람이 되어야 혀!

쪽지를 든 시건방의 손이 바들바들 떨렸어요.

"내가 또 속다니! 으으!"

그날 밤은 달도 구름 뒤로 숨고 별도 뜨지 않아 사방이 새카맸어요.

노인들은 일찌감치 잠자리에 들었고, 시건방의 침대에서도 코 고는 소리가 우렁차게 들렸어요.

하지만 시건방은 침대에 누워 있는 것이 아니었어요.

"영차, 영차! 헉! 허헉! 영차, 영차!"

시건방은 베개 밑에 코 고는 소리를 녹음한 녹음기를 숨겨 두고, 병원의 뒷마당에서 땅굴을 파고 있었어요.

"내가 탈출할 방법은 이것뿐이야! 이런 깡시골에서 썩을 줄 알고? 웃기지 말라 그래! 내가 누군데?! 나, 천재 의사 시건방이라고! 헉헉!"

하지만 삽은 곧 내동댕이쳐졌어요.

그대로 주저앉은 시건방의 눈에 눈물이 글썽였지요.

"힘들어……. 밥도 제대로 못 먹었는데 땅 팔 힘이 어딨겠어? 괴력을 가진 점네 이장님이었으면 여기에서 마을 밖까지 눈 깜짝할 사이에 다 팠을 텐데……."

그러다 끙, 하고 일어난 시건방은 다시 땅을 파기 시작했어요.

"그래. 티끌 모아 태산이라고 했어. 한 달이 걸릴지 일 년이 걸릴지 모르지만 매일 파 내려가다 보면 언젠가 마을 밖까지 이 땅굴을 뚫을 수 있을 거라고!"

"아이고, 시끄러워!"

시건방은 귀를 막고 소리쳤어요.

밤새 운동장에서 훈련하는 소리에 도무지 잠을 이룰
수 없었던 거예요.

벌써 며칠째, 밤낮으로 운동회가 벌어지고 있었어요.

목소리가 가장 큰 노인은 역시 이장 점네였어요. 점네
는 있는 힘껏 힘을 모았지요.

"으라차차!"

점네가 번쩍 들어 올린 것은 세종대왕 동상이었어요.
대단한 괴력이었지요.

"으싸! 으싸!"

"얍!"

"으라차차차!"

점네뿐만 아니라, 모든 노인이 하나같이 자신의 초능력을 뽐냈어요.

새우등 마을에서 가장 나이 많은 신바람도 염력으로 커다란 바위를 공깃돌처럼 다루었고, 고구마도 수십 명에서 수백 명까지 자유자재로 몸을 늘렸어요.

하지만 점네는 못마땅한 표정이었어요.

"어림도 없다니께?!"

"고작 그 정도로 그자와 맞설 것이여?"

"언제 그자가 다시 쳐들어올지 몰러. 그러니 더욱더 훈련을 열심히 해야 한다고!"

점네의 잔소리는 끊임없이 이어졌어요.

결국 모든 노인이 운동장에 쓰러져 끙끙거릴 지경이 되자, 운동회는 끝이 났어요.

노인들은 새우등 병원으로 몰려왔어요.

"나 다리가 부러진 것 같아."

"머리에서 피가 철철 나. 얼른 치료해 줘!"

"에고고. 내 무릎!"

"허리가 욱신거려서 앉을 수도, 누울 수도 없다니께?"

병원은 마치 전쟁터 한복판 같았어요.

"어휴, 줄을 서세요, 줄을!"

시건방은 입이 툭 나온 채로 한 명 한 명 치료하기 시작했지요.

"그런데 말이에유……."

갑자기 남달라가 한껏 목소리를 낮추었어요.

"요즘 이장님 말이에유. 너무 이상하지 않아유?"

"맞아유!"

변신해도 고개를 마구 끄덕였어요.

"성품 인자하기로 유명하셨던 분이 요즘엔 걸핏하면 화를 버럭버럭 내신다니께유?"

"정말 점네가 저렇게 화를 내는 건 구십 년 동안 처음 봤다니께?"

신바람도 거들었어요.

"점네로 말할 것 같으면 우리 새우등 마을에서 둘째가라면 서운할 인자함으로 이장으로 뽑힌 것 아니여? 그런 점네가 운동회 때마다 고래고래 소리를 지르니 너무 놀라 뒤로 나자빠지겠으."

"하!"

시건방이 코웃음을 쳤어요.

"둘째가라면 서운할 인자함이

라고요? 저한테는 원래부터 고래고래 소리도 잘 지르시고 화도 잘만 내시던데요?"

하지만 시건방의 말에는 아랑곳없이, 팔다리에 깁스하고, 머리에 붕대를 감고, 온몸에 멍이 든 노인들이 저마다 한마디씩 했지요.

"어디, 그것뿐인가유? 자꾸만 깜빡깜빡 하신다니께유? 밥을 드시고도 안 드셨다면서 자꾸만 드세유. 하루에 밥을 여섯 끼나 드신 적도 있다구유."

"지난주엔 운동장에 안 나오셔서 모시러 갔더니만, 운동회인 것을 깜빡하셨다는 거예유. 깜빡하실 일이 따로 있지유? 게다가 요즘 운동회 말곤 통 외출도 안 하시고 집에만 틀어박혀 계시잖아유?"

"정말 이장님답지 않으셔유."

"맞아유, 맞아!"

그때였어요.

"그만하세유!"

고구마가 소리쳤어요.

"이장님이야말로 누구보다 우리 마을을 위해 열심히 노력하는 분이라는 거 몰라유? 우리가 이렇게 이러쿵저러쿵 뒷말이나 할 때냐구유? 삼십 년 전 그날을 모두 잊은 거예유?"

삼십 년 전 이야기가 나오자, 모두의 표정이 어두워졌어요.

삼십 년 전 어느 날, 새우등 마을에 젊은 초능력자가
나타나 마을을 초토화시켰거든요.

　　"그자는 반드시 돌아오겠다고 했잖아유? 아마 그날이
코앞으로 다가온 게 분명해유. 그니께 점네 이장님 말대
루 더욱 열심히 초능력 훈련을 해야 한다구유!"

　　"자네 말이 맞어."

　　"우리가 잘못했으……."

　　고구마의 말에 모두 고개를 끄덕였어요.

　　치료를 마치자, 모두 각자
의 집으로 돌아갔어요. 이미
밖은 새카만 밤이었지요.

　　시건방은 후덜거리는 다
리로 세면대로 겨우 걸어가
세수를 했어요.

　　"세상에! 왕자님 같던
내 얼굴이……."

거울에 비친 시건방의 모습은 무척이나 초췌했지요. 새우등 마을로 내려올 때까지만 해도 반지르르 우윳빛이었던 피부는 새까맣게 탔고, 푸석푸석했어요.

주르륵,

시건방의 코에선 코피까지 흘러내렸어요.

"피, 피잖아?!"

휴지로 겨우 콧구멍을 틀어막은 시건방은 중얼거렸어요.

"난 의사야. 그것도 천재 의사지……. 어떤 병이든 진단하고 고칠 수 있어. 그러니까 지금 내 병은……"

이번엔 눈에서 눈물이 주르륵 흘러내렸지요.

"과로야! 과로라고! 엉엉."

급기야 시건방은 주저앉아서 땅을 치며 울기 시작했어요.

"엉엉. 억울해! 억울하다고! 으리으리한 고래등 병원의 의사였던 내가 이런 깡시골에서 고생하고 있다니! 좀 쉬고 싶어! 자고 싶다고!"

하지만 그날 밤도 시건방은 잠을 이루지 못했어요.

땅굴을 파야 했기 때문이에요. 파고 파고 또 파던 시건방이 갑자기 삽질을 멈추었어요.

"어라? 잠깐만?"

문득, 아까 노인들이 했던 말이 떠올랐어요.

"이장님이 이상해유!"

"자꾸 깜빡깜빡 하신다니께유?"

"정말 이장님답지 않으셔유."

순간 시건방의 얼굴에 비릿한 웃음
이 떠올랐어요.

"찾았다! 내가 새우등 마을을 탈출할
방법! 큭큭."

4

시건방의 음흉한 작전

똑똑!

시건방이 문을 두드렸어요.

"금방 나가유!"

밖으로 나온 건 다름 아닌 점네였어요. 점네는 시건방을 보고도 두 눈을 끔뻑일 뿐이었지요.

"누구세유? 우리 새우등 마을에서 처음 보는 양반 같은디……."

"누구냐니요? 저 시건방이잖아요? 천재 의사이자 새우등 마을의 왕진 의사요!"

"의, 의사 선생님이라구유? 아이구, 이렇게 귀한 분이

왜 여기에 계셔유?"

점네의 눈빛은 흐리멍덩했어요.

그러다 문득, 정신이 돌아온 듯 두 눈을 크게 떴지요.

"……어이쿠! 시건방 아니여? 우리 집엔 어쩐 일이여?"

"이젠 알아보시겠어요? 아깐 못 알아보셨잖아요?"

"모, 못 알아보다니? 내가 요즘 눈이 침침해서 그랴. 근디 여기엔 왜 온 것이여?"

"어제 운동회를 마친 후 다들 병원에 다녀갔는데, 이장님만 안 오셨더라고요? 그래서 아침이 되자마자 한 번와 본 거예요. 마을의 왕진 의사로서 말이에요."

시건방은 점네의 집으로 들어가 떡하니 자리를 잡고 앉았어요. 그러면서 점네를 더 자세히 살폈지요.

"요즘 왜 통 진료를 보러 오지 않으셨어요?"

"그거야 네 놈이 돌팔이니까 그렇지!"

점네가 버럭 소리 질렀어요.

"제가 도, 돌팔이라고요?"

시건방의 입이 떡 벌어졌어요. 너무 충격을 받아 뒷골이 당기고 머리카락이 곤두서는 것 같았어요.

시건방은 태어나서 돌팔이라는 말은 처음 들어 보았거든요. 모두 천재 의사라며 자신에게 엄지를 치켜세우는 건 익숙했지만 말이에요.

"돌팔이가 아니면 뭐란 말이여? 아무리 치료받아도 내 시큰한 손목이 낫질 않는디!"

"그거야 손으로 자꾸 바위나 동상을 드시니까 그렇죠!?"

시건방이 목청껏 소리 질렀어요.

"아이고, 귀청 떨어지겠네. 건빵 주제에 이렇게 목청이 큰 줄은 몰랐구먼. 말 다 했어?"

"다 못 했어요!"

시건방은 지지 않고 소리쳤어요.

"제가 무슨 고구마 어르신처럼 분신술이라도 하는 줄

아세요? 왕진 의사라 집집마다 돌아다니며 치료해야 하는데, 거기에 밥해 먹으랴, 청소하랴 빨래하랴, 몸이 열두 개라도 모자란다고요!"

"밥해 먹기 힘들면 굶으면 될 거 아녀? 꼬박꼬박 밥은 꼭 챙겨 먹는다니께."

"배가 고픈 걸 어떡해요!? 잠깐, 그런데 말이죠……?"

시건방이 갑자기 음흉하게 물었어요.

"요즘 이장님도 하루에 밥을 여섯 끼나 드신다던데요?"

"그, 그게 무슨 소리여? 내가 밥을 여섯 끼나 먹는다니?"

점네의 목소리가 떨려 나왔어요.

"다 들었어요. 밥 먹은 것을 잊고 또 밥을 드신다고 말이에요. 운동회가 있는 것도 깜빡하셨다던데요? 인자하던 분이 갑자기 화도 자주 내신다고 하고요."

"대체 누가 그런 말도 안 되는 말을 한단 말이여?"

"저를 속일 생각 하지 마세요. 모든 증상이 말하고 있다고요! 이장님이 어떤 '병'에 걸렸다고 말이죠."

"병? 내가 병에 걸렸다는 말이여?"

"네. 이장님이 걸리신 병은 바로……!"

시건방이 머리를 쓸어 올리며 자신감 넘치는 표정으로 말했어요.

"알츠하이머예요."

"아, 알츠하이머……? 그게 뭐디?"

점네의 눈이 커다래졌어요.

"쉽게 말해 치매예요."

"내가 치매라고?"

"네. 알츠하이머 중에서도 노화로 뇌의 신경세포가 없어지면서 생기는 노인성 치매죠. 심한 건망증이 생기고 성격도 변하는 게 대표 증상이고요."

"하! 말도 안 되는 소리!"

"저는 한 번도 틀린 적이 없어요. 저는 서울에서 가장 큰 종합 병원인 고래등 병원에서도 최고로 손꼽힌 천재 의사 시건방이라고요!"

"그만혀! 내가 치매라니! 내가 얼마나 쌩쌩한데!"

점네가 자리에서 벌떡 일어나 시건방을 한쪽 손으로 가볍게 들어 올렸어요.

"이래도 내가 치매여? 난 건강혀! 건강하다고!"

"으아악! 내려 주세요. 얼른요!"

"이얏!"

점네는 시건방을 바닥에 내동댕이쳤어요.

"그런 멍멍이가 야옹하는 소리나 하려면 썩 꺼지라고!"

"아이고, 아파라!"

시건방은 퉁퉁 부어오른 엉덩이로 점네의 집에서 쫓겨 났어요.

"병명을 알려 드리면 고마워하면서 치료 약이 없냐고 제발 치료해 달라고 쩔쩔매실 줄 알았어. 그러면 고래등 병원에 가야만 약을 구할 수 있다고 거짓말을 하고 서울 로 가서 영영 돌아오지 않을 생각이었지. 그런데 도리어 화만 내시다니 다 틀렸네, 다 틀렸어!"

그날 밤.

세찬 비가 쏟아지기 시작했어요.

누군가 새우등 병원의 문을 두드렸지요.

"누구세요? 누구시냐니까요? 으아악!"

시건방은 문을 벌컥 여는 것과 동시에, 엉덩방아를 찧고 말았어요. 하늘에서 천둥 번개가 내리꽂히며 눈앞에 검은 우산을 쓴 귀신이 나타난 거예요.

"……나여. 점네."

그제야 허리가 호미처럼 굽은 점네가 서 있는 것이 보였어요.

"아이쿠, 놀래라!"

"할 말이 있어서 찾아왔으."

점네는 그새 더 쪼글쪼글해진 모습이었어요. 의자에 주저앉아서 한숨을 푹 내쉬었지요.

"내가 정말 치매가 맞는지 검사해 줄 수 있겠지?"

"참나! 아까는 절대 아니라고 저를 내동댕이치셨잖아요?"

"미안하게 됐으……."

"보나 마나 뻔하지만, 어디 한 번 검사해 보죠."

시건방은 여러 가지 검사를 했어요.

시건방의 표정만 보고도, 점네는 자신이 치매가 맞다는 것을 알 수 있었어요. 시건방의 표정이 엄청나게 의기양양했거든요.

“맞잖아요? 저는 한 번도 틀린 적이 없다고요!”

“그래. 자네 말이 맞았구먼…….”

　점네는 다시 한숨을 내쉬었어요.

“나도 짐작은 하고 있었으. 내 머리에 문제가 생겼다는 것을 말이여. 그래서 운동회 말고는 두문불출하며 다른 노인들에게 들키지 않으려고 노력해 온 것이여. 곧 마을에 끔찍한 일이 닥칠 것인데 이장인 내가 아프다는 걸 알면, 모두 큰 충격을 받고 싸울 기운을 잃고 말 것이니께.”

　점네의 목소리엔 힘이 하나도 없었어요.

“하지만 시건빵 자네 눈은 속일 수가 없었구먼. 자네는 천재 의사니까 날 고쳐 줄 수 있겠지? 씻은 듯이 말이여. 응? 그렇지?”

시건방의 눈이 반짝였어요.

"물론이죠. 제가 누구에요? 시건방이잖아요? 당장 치료약을 먹으면 씻은 듯이 나을 거예요. 하지만 그 치료약은 새우등 병원엔 없어요. 고래등 병원에 가야 구할 수 있지요. 제가 잠깐만 서울에 다녀올게요. 치매를 싹 낫게 하는 약을 가지고요!"

"그, 그것이 정말이여? 하지만 우리 마을의 비밀을 알고 있는 자네가 마을을 떠나려 한다면, 마을 노인들이 가만있지 않을 것인디……."

5
비밀회의

시건방은 짐을 꾸렸어요.

"내게 좋은 생각이 있으. 내가 노인들의 한눈을 팔 테니께. 신호를 주면 출발하라고! 노인들에겐 자네가 몰래 도망을 쳤다고 둘러댈 테니께. 꼭 치료약을 가지고 돌아와야 할 것이여. 알았지?"

"큭큭. 내가 돌아올 줄 알고?"
시건방은 약속대로 점네의 신호를 기다렸어요. 점네는 회의를 하겠다며, 노인들을 마을 회관에 모이게 한 다음 문 앞에 횃불 하나를 밝히기로 했어요. 횃불이 밝혀지면 그것이 곧 신호였지요.

하지만 아무리 기다려도 신호가 오지 않았어요.

"어휴! 언제까지 기다려야 하는 거야?"

시건방은 결국 마을 회관 앞까지 가 보았어요. 마을 회관의 문 입구에 점네가 서 있는 것이 보였어요.

점네는 문에 귀를 대고 엿듣는 중이었어요.

'뭘 엿들으시는 거야? 궁금해 못 참겠네!'

시건방도 조용히 다가가 문에 귀를 가져다 댔지요. 시건방을 발견한 점네의 눈이 휘둥그레지더니 이내 검지를 입

술에 가져다 댔어요.

그러자마자 안에서 신바람의 목소리가 들려왔어요.

"점네는 왜 우리를 이 시간에 여기로 모이라고 한 것이여?"

곧 고구마의 목소리도 들려왔지요.

"아무래도 이장님이 요즘 이상하시더니, 우리가 하려는 일을 눈치채신 것 같아유."

"세상에! 그것이 정말이에유?"

모두 웅성거렸지요.

"어쩜 좋아유? 이번 일이 우리 새우등 마을에서 얼마나 중요한데유?"

"아무래도 완전히 눈치를 채시기 전에 하루라도 빨리 바꿔야겠어유."

"바꿔야겠다구유!"

"맞아유! 저도 찬성이에유!"

"바꾸자구유!"

점네의 눈이 휘둥그레졌어요.

"서, 설마 이, 이장을 바꾸겠다는 거여?"

그때였어요.

"거기 밖에 누구 있어유?"

고구마가 문 쪽으로 다가오는 것 같았어요.

"이크! 들키겠어요!"

"튀자고!"

곧 고구마가 문을 벌컥 열었지만, 밖에는 아무도 없었어요.

"바람이 불었나 봐유."

한편, 시건방을 자기 목에 목말 태운 채, 점네는 쏜살같은 속도로 내달리는 중이었어요. 점네에게 시건방은 마치 깃털처럼 가벼운 것 같았지요.

새우등 병원의 뒷마당에 도착해서야, 점네는 시건방을 내동댕이치듯 던졌어요.

"시건빵 네 놈 때문에 하마터면 들킬 뻔했잖여?"

"그러는 이장님은 거기서 왜 몰래 엿듣고 계셨던 거예요?!"

"끙."

점네는 털썩 주저앉았어요.

그러곤 땅을 치며 서러워했지요.

"엿듣지 않았으면 몰랐을 뻔했으. 아이고! 이제야 마을 노인들의 속마음을 알았구먼. 지난 삼십 년 동안 내가 마을 이장으로서 얼마나 열심히 일했는디! 이제와서 이장을 바꾸겠다고오?"

"쳇. 그 마음 알아요. 저도 고래등 병원에서 얼마나 열심히 일했는지 몰라요. 그런데 하루아침에 이 깡시골로 내쳐졌다고요. 은혜도 모르는!"

"자네에게 비교당하니 어쩐지 기분이 더 나쁘구먼?"

"아니 왜요, 왜!"

그러다 점네는 갑자기 벌떡 일어나 시건방에게 말했

어요.

"아무래도 내가 자네와 같이 가야겠구먼!"

"네? 가, 같이 가다니요?"

"함께 서울 고래등 병원으로 가잔 말이여. 가서 치료약을 먹고 씻은 듯이 나아서, 보란 듯이 돌아와야겠구먼."

"네……? 고래등 병원으로요?"

시건방의 이마에 땀이 송골송골 맺혔어요.

점네는 뒷마당 구석으로 성큼성큼 걸어가더니, 쌓아둔 나뭇가지를 가볍게 휙 들췄어요. 그러자 시건방이 파던 땅굴이 드러났지요.

"며칠 새 참 많이도 팠구먼."

시건방은 깜짝 놀랐어요.

"아, 알고 계셨어요? 제 땅굴을 말이에요!"

"마을 노인들 다 알고 있었으. 자네가 땅굴을 파고 있는 것을 말여."

"세상에! 그럼 왜 말 안 하신 거예요? 그것도 모르고

괜히 밤마다 고생했잖아요?"

"운동하는 줄 알았지. 자, 이 땅굴로 마을을 빠져나가
서 서울로 가자니께? 얼른!"

"그, 그게……."

"얼른 따라오지 못혀!?"

서울로 함께 갔다가, 거짓말을 했다는 사실을 들키면

시건방은 에그마요는커녕 흔적도 없이 사라질 것이었어요. 세종대왕 동상을 들어 올리던 점네의 모습을 떠올리니 다리가 후덜덜 떨려왔지요.

"어, 없어요!"

시건방은 결국 눈을 질끈 감고 소리쳤어요.

"없다니? 그게 무슨 소리여?"

"치료약은 없어요. 치매는 치료약이 없다고요……! 제가 아무리 천재 의사라도 치매를 치료하는 건 불가능해요. 증상이 심해지는 속도를 줄이는 약은 있지만요."

"무, 무슨 소리여? 씻은 듯이 낫게 해 준다고 했잖여? 혹시 내가 그동안 괴롭혀서 그려? 바위도 막 던지고 그래서 그런 것이여?"

"아니에요. 그런게 아니라 실은…… 서울로 탈출하려고 거짓말했던 거예요……."

시건방은 점네가 오랑우탄처럼 달려들어 자신을 내동댕이치길 기다렸어요.

하지만 어쩐지 조용했지요. 시건 방은 슬그머니 눈을 떠 보았어요.

점네는 털썩 주저앉아 울고 있었어요.

"그럼 어쩐단 말이여? 난 이제 어쩐단 말이여…… 아이고……."

그때였어요.

마을 회관 쪽이 시끌시끌해졌어요.

"이장님! 이장님! 어디 계세유?"

"이장님이 사라졌어유!"

"빨리 찾아야 해유, 빨리유!"

점네가 사라진 것을 알게 된 노인들이 횃불을 밝히고 점네를 찾아다니기 시작한 거예요.

"흥!"

점네는 재빨리 땅굴 속으로 몸을 날렸어요.

"이장을 바꾼다고 하더니 왜 날 찾는 것이여? 나는 마을을 떠날 것이여. 이제 마을 사람들도 내가 필요하지 않은 것 같으니 나도 고구려처럼 넓은 세상이나 보다가 떠나야겠으."

"나도 같이 가요! 나도요!"

시건방도 땅굴 속으로 따라 들어가려고 점네의 바지 끄덩이를 잡았어요.

"나도 데려가라고요!"

"이거 놔! 놓으라니께?"

"제발요!"

"놓으라고!"

6
점네의 마음

한편, 수백 명의 고구마 중 한 명이 병원 뒷마당의 목소리를 들었어요.

"새우등 병원이에유! 뒷마당에서 이장님과 시건방의 목소리가 들려유!"

곧 마을 노인들이 우르르 뒷마당으로 몰려왔어요.

시건방과 점네는 여전히 땅굴 입구에서 실랑이를 벌이고 있었어요.

"이장님!"

"이장님!" "이장님, 이장님!"

"이장님!" "이장님, 이장님, 이장님!"

수백 명의 고구마가 동시에 소리쳤어요.

"어딜 가시려는 거예유?"

"이제 난 필요하지 않잖여? 그러니 떠나려는 것이여."

"필요하지 않다니 그게 무슨 말이에유?"

"다 들었어. 마을 회관에서 이야기하는 것을 다 들었다고! 이장을 바꿔야겠다고 했잖여? 이제 새우등 마을에 나는 필요하지 않으니 떠나주려는 것이여."

"예. 바꿔야겠다고 했어유. 이장님이 아니라 잔칫날을 말이에유!"

"잔, 잔칫날이라니?"

"저희들이 잔치를 준비하고 있었단 말이에유!"

"도통 무슨 소린지……."

"따라와 보세유!"

마을 노인들은 당장 점네를 데리고 마을 회관으로 갔어요.

"이, 이게 다 뭐여?"

점네의 눈이 휘둥그레졌어요.

회관의 꼭대기에 반짝이는 현수막이 걸려 있었어요. 화려한 잔칫상도 차려져 있었지요.

"생신 축하드려유!"

"며칠 전부터 마을 회관에서 이장님을 깜짝 놀라게 할 잔치를 벌이기 위해 얼마나 분주했는지 몰라유."

"내 생일잔치를 준비했다구?"

점네가 두 눈을 끔뻑였어요.

"예. 그랬어유."

남달라가 며칠 동안 있었던 일을 이야기하기 시작했어요.

저희는 말이에유. 이장님의 생신을 아주 대단하게 차려드리고 싶었구먼유. 그러려면 모두 힘을 합쳐야 했어유.

휘릭! 신바람 어르신은 창고에 쌓인 상과 의자를 손가락 하나만으로 번쩍 들어 올려 제자리에 착착 옮겼구유.

화악! 변신해는 불쏘시개로 변신해 장작에 불을 피웠지유.

으쌰! 백 명의 고구마는 잔치 음식을 준비했어유. 변신해가 불을 피운 아궁이에 솥을 걸고는 갖은 재료와 함께 돼지고기를 익혔지유.

모두 초능력을 이용해 손발이 착착 들어맞게 잔치 준비를 했다구유.

"으흐흐. 얼마나 좋아하실까유?"

"감동받아서 우실 지두 몰라유. 어마어마한 괴력을 가졌지만 마음만큼은 누구보다 약하시잖아유?"

그런데 이장님이 요즘 이상하지 않겠어유?

아무래도 생일잔치 준비하는 것을 눈치채신 것 같아서 내일 아침에 있을 잔치를 당장 오늘 밤으로 바꾸자는 비밀회의를 한 거예유.

"세, 세상에! 난 그것도 모르구 자네들을 원망했구먼."

점네의 눈에 눈물이 핑 돌았어요.

"이제는 그만 고백해야겠구먼. 내가 사실……."

한참을 망설이던 점네가 결국 결심한 듯 말을 이었어요.

"내가 사실 치매에 걸렸구먼……. 더는 이장으로서 우리 새우등 마을을 이끌 수 없어……."

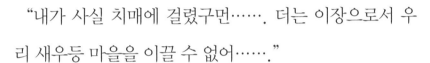

"이장님, 그런 건 걱정마세유!"

"저희는 다 알고 있었어유."

"그걸 저희가 몰랐을 거라고 생각하신 거예유?"

노인들이 입 모아 대답했어요.

"아, 알고 있었다고?"

점네보다 더 놀란 건 시건방이었어요.

"천재 의사인 저보다, 이장님의 병을 먼저 아셨다고
요?"

"우린 가족이잖아유. 가족이면 자연스레 딱 알게 되는
것이 있어유. 하지만 자존심이 쎈 이장님이니께, 직접
말씀드릴 수는 없었구만요. 대신 시건방이 눈치를 채고
약이라도 챙겨 드리면 하는 마음에서, 시건방에게 이장
님의 증세를 넌지시 말했던 거예유."

"세상에!"

그날 병원으로 몰려온 노인들은 일부러 시건방 앞에서
점네의 이상한 행동들을 말했던 것이었어요. 시건방이

눈치를 채고, 점네를 치료해 주길 바랐던 것이지요.

"치매에 걸렸다구 이장님의 괴력이 사라지는 건 아니
잖아유?"

"맞아유. 우리는 삼십 년 전, 힘을 합쳐 싸워 그자를 이
겼어유. 이번에도 그러면 돼유."

"이장님은 우리 새우등 마을의 영원한 이장님이에유!"

"죽어도 같이 죽고, 살아도 같이 살자구유!"

"그러자구유!"

점네가 모두를 얼싸안았어요.

"모두 고맙네, 고마워! 다만, 용서 못 할 자가 하나 있
어."

"그게 누군데유?"

"바로 시건방이여! 없는 치료약을 구해 온다면서 서울
로 내뺄려고 했으. 내가 아주 깜빡 속았구먼?"

"시건방이 그랬다구유?"

노인들 모두가 눈에 불을 켜고 노려보자, 시건방은 머

리가 팽 도는 것 같았어요.

스르르~.

시건방은 그대로 쓰러져 버리고 말았지요.

"아니, 선생님! 이게 무슨 일이래유?"

고구마가 시건방에게 맨 먼저 달려들었어요.

"이 식은땀 좀 봐유! 얼굴은 드라큘라처럼 창백하구유."

"우선 눕히자구유."

점네가 시건방을 번쩍 들어, 병상에 눕혔어요. 시건방은 끙끙 앓고 있었어요.

"중이 제 머리 못 깎는다더니 의사도 병이 나네유."

"우리가 해도 너무 하긴 했슈."

"안 되겠슈. 모두 팔을 걷어붙이자구유. 지는 죽을 끓

일 테니 어르신은 따뜻한 물을 끓여 주세유."

"저는 감기 몸살 약을 찾아볼게유."

노인들은 각자 일을 나눠 시건방을 간호했어요. 어질러진 병원도 깨끗하게 치웠지요.

어느새, 날이 밝아 왔어요.

고구마가 하품을 하며 말했어요.

"자, 이제 우린 할 만큼 했으니 이만 돌아가자구유!"

"그러자구유!"

"참으로 긴 하루였슈."

모두 돌아간 후, 점네만이 시건방의 곁에 남아 있었어요. 점네는 시건방의 이마 위, 뜨거워진 물수건 대신 차가운 물수건으로 바꿔 올려 주었어요.

"아…… 차가워……."

그제야 깨어난 시건방이 들릴 듯 말 듯한 목소리로 말했어요.

"이제야 정신이 든겨? 참으로 다행이구먼."

점네는 말을 이었어요.

"나에게도 자네와 나이가 비슷한 손자가 하나 있었어. 이름은 동철이. 눈에 넣어도 아프지 않을 손자였다니께? 그런데 삼십 년 전 그날, 동철이가 끝내 그자에게 크게 당하고 말았어. 몇 날 며칠을 앓던 동철이는 끝내 아주 멀리 떠나 버렸지……."

"참으로…… 슬픈 얘기네요……."

시건방은 시름시름 앓으면서도 대답했어요.

"그려. 하지만 내가 슬펐던 건 동철이가 떠났다는 것보다, 동철이가 앓고 있는데두, 의사를 부를 수가 없었다는 것이었어. 그때 우리 마을에 자네 같은 의사가 있었다면……. 그랬다믄 우리 동철이도 살았을 것인디……. 참말로 고맙네, 고마워. 우리 마을의 의사가 되어 줘서 말이여. ……오잉?"

말을 마친 점네가 깜짝 놀랐어요.

방금까지 눈앞에 있던 시건방이 감쪽같이 사라지고 만 거예요.

"어딜 간 겨? 서, 설마, 또 도망간 겨?"

점네는 창문을 활짝 열고 목청껏 소리쳤어요.

"놈이 도망가니 모두 일어나라니께?!"

무거운 몸으로 병원을 빠져나온 시건방은 자전거의 페달을 있는 힘껏 밟았어요.

낡은 자전거에선 **삐그덕삐그덕** 소리가 났지만, 점점 속도를 높였지요.

"드…… 드디어 이…… 끔찍한 마을에서…… 탈출이
다!"

어두웠던 마을 여기저기에 불빛이 켜지기 시작했지요.

곧 노인들이 시건방을 뒤쫓기 시작했어요.

"걸음아……, 아니 자전거야……, 날 살려라."

식은땀을 **삘삘** 흘리고 **후덜덜** 떨리는 팔다리로 시건
방은 자전거를 몰고 또 몰았어요.

"아이고……, 죽겠다……!"

그때였어요.

"으허헉!"

시건방은 그대로 고꾸라지고 말았어요. 신바람이 염력
으로 거센 바람을 불러일으킨 거예요.

"아이고, 내 무릎……! 아파라……!"

그래도 시건방은 일어나서 달리고 또 달렸어요.

이번엔 웬 고라니가 전속력으로 시건방에게 달려들었
어요. 변신해가 발빠른 고라니로 변신한 것이었어요.

“으아아아아! 쫓아오지 마세요……! 저리 가시란 말이에요……!”

“지가 할게유!”

마지막으로 수백 명의 고구마가 전력 질주로 쫓아와 시건방을 사로잡는 데 성공했어요.

“제가 잡았슈! 놈을 제가 잡았단 말이에유!”

그대로 붙잡혀 온 시건방은, 침대에 고꾸라져 잠이 들었어요.

“아주 웃긴 놈이라니께유? 저 몸 상태로 도망칠 생각을 하다니 말이에유.”

“참으로 끈질긴 놈이에유.”

시건방은 오랜만에 아주 푹 잤어요.

꿈도 꾸었지요. 새우등 마을의 호숫가에서 따스한 햇살을 맞으며 낮잠을 자는 꿈이었어요. 아주 포근하고 행복했어요.

“음냐……. 음냐……. 쿨쿨…….”

새벽녘.

삐그덕 삐그덕.

시건방은 1층에서 들려오는 누군가의 발소리에 잠에서 깨어났어요.

약기운 때문에 여전히 머리가 무겁고 눈앞이 빙글빙글 도는 것 같았지요. 겨우 난간을 붙잡고 계단을 내려온 시건방의 눈에 검은 그림자 하나가 보였어요.

검은 그림자는 어두운 진료실의 책상을 뒤적이다, 무언가 찾아 들었어요. 그러곤 손전등을 켜서 비추었지요. 그림자가 집어 든 것은 바로 새우등 마을 노인들의 진료 기록표였어요.

동시에 검은 그림자의 정체도 드러났어요.

붉은 조명에 비춰진 옆 모습은 김고래 원장이 분명했지요!

'워, 원장님? 나를 데리러 오셨나 봐! 원장님! 원장님!'

시건방이 반가운 마음에 소리치려는 순간, 김고래 원

장이 이빨을 드러내며 큭큭 웃었어요.

'저, 저건?'

시건방은 얼마 전, 마을 노인들이 했던 말을 떠올렸어
요.

"그 젊은 초능력자가 대체 누군데요?"

"몰러유. 눈코입만 뚫린 복면을 썼으니께유. 기억나는 것
이라곤 씩 웃을 때마다 다이아몬드 이빨이 보였다는 것 뿐
이어유."

"세, 세상에! 서, 설마⋯⋯?"

시건방은 그대로 뒷걸음질쳤어요.

"어, 어쩜 좋아! 삼십 년 전, 새우등 마을을 초토화시켰
다던 젊은 초능력자가 바로 김고래 원장님이었어⋯⋯!"

3권에 계속…….

슈퍼 초능력 판타지

천재 의사 시건방

2. 새우등 마을을 탈출하라!

초판 1쇄 발행 | 2024년 11월 30일

글 | 강효미   그림 | 유영근

펴냄 | 박진영
디자인 | 새와나무
펴낸곳 | 머스트비
등록 | 2012년 9월 6일 제406-2012-000154호
주소 | 경기도 파주시 심학산로 12 303호
전화 | 031-902-0091
팩스 | 031-902-0920
이메일 | mustb0091@naver.com

ISBN 979-11-6034-235-2 74810
       979-11-6034-213-0 (세트)

ⓒ 2024 글 강효미, 그림 유영근

표지 부재: 완주대둔산체

품명: 천재 의사 시건방 2 | **제조자명:** 머스트비 | **주소:** 경기도 파주시 심학산로 12 303호
연락처: 031-902-0091 | **제조년월:** 2024년 11월 | **제조국:** 대한민국 | **사용연령:** 8세 이상
취급상 주의사항 | 종이에 베이지 않도록 주의하세요. 책의 모서리가 날카로우니 던지거나 떨어뜨려 다치지 않도록 주의하세요.
KC마크는 이 제품이 공통안전기준에 적합하였음을 의미합니다.